RÉPUBLIQUE FRANÇAISE

PRÉFECTURE DU NORD.

RÈGLEMENT SANITAIRE

POUR LE

PORT DE DUNKERQUE

et sa Circonscription.

LILLE,
IMPRIMERIE L. DANEL.

1886.

RÉPUBLIQUE FRANÇAISE.

PRÉFECTURE DU NORD.

RÈGLEMENT SANITAIRE

POUR LE

PORT DE DUNKERQUE

et sa Circonscription.

Le Préfet du département du Nord,

Vu la loi du 3 mars 1822, relative à la police sanitaire;

Vu le décret du 22 février 1876, portant règlement de police sanitaire maritime, et notamment les articles 30 et 128 dudit décret;

Vu les propositions présentées par le Conseil sanitaire du port de Dunkerque, dans sa séance du 21 septembre 1886;

ARRÊTE :

Art. 1er — Tout bâtiment sera, à son arrivée, soumis aux formalités de la reconnaissance, et, s'il y a lieu, de l'arraisonnement.

Dans tous les cas, la libre pratique ne peut être donnée que par un des agents du service sanitaire, préposés *ad hoc*, à l'exclusion de tous autres.

Tous les pilotes du pont de Dunkerque recevront une Commission d'agent sanitaire et concourront à l'accomplissement des formalités sanitaires dans les limites qui leur seront tracées par M. le Directeur de la santé.

Art. 2. — Le pilote, en montant à bord de tout navire à destination de Dunkerque, avisera le Capitaine des formalités sanitaires à remplir, avant d'obtenir la libre pratique.

Il lui communiquera un exemplaire du présent règlement.

Art. 3. — Si le navire est exempt de toute suspicion, le pilote l'introduira dans le port pour y être soumis à la reconnaissance sanitaire.

Si, au contraire, le navire provient d'un port suspect, le pilote fera hisser le pavillon jaune en tête du mât d'artimon, si c'est un trois-mâts, et sur l'étai de beaupré pour tout autre navire.

Il le conduira et le fera mouiller sur rade à l'endroit déterminé pour les navires en observation, et il avisera immédiatement le Directeur de la santé qui fera procéder sans retard, à l'arraisonnement et, au besoin, à la visite médicale.

Art. 4. — Les Capitaines de navires en observation se conformeront rigoureusement aux ordres qui leur seront donnés par l'officier du port, chargé de la sûreté de la rade, ces ordres ayant toujours, dans ce cas, le caractère des mesures ou précautions sanitaires.

Art. 5. — Le pilote monté à bord d'un navire qui, pour

un motif quelconque doit attendre en rade la visite médicale, est, dès-lors, constitué provisoirement garde de santé, et doit, à ce titre, se conformer aux dispositions de l'art. 11 ci-après.

Art. 6. — Après avoir pris son mouillage, le Capitaine qui est mis en observation, ou qui attend en rade les ordres du service sanitaire devra correspondre, sur l'invitation du pilote avec le poste sémaphorique, auquel il donnera tous les renseignements nécessaires, ainsi que tous ceux que le chef guetteur de la marine, pourrait lui demander, d'après les indications de l'agent sanitaire détaché au sémaphore.

Art. 7. — A cet effet, et lorsque les besoins du service l'exigeront, un agent du service de santé sera en permanence pendant le jour au poste sémaphorique, et s'entendra avec le chef guetteur au sujet de toutes les correspondances qu'il y aura lieu d'échanger avec les bâtiments en observation, comme avec ceux qui attendent les ordres du service sanitaire.

Art. 8. — A la suite de l'arraisonnement et de la visite médicale, le médecin de la santé décidera sur-le-champ, si le navire doit ou non, être mis en observation, et, dans le cas de l'affirmative, il en fixera la durée. Il pourra également, quand il le jugera convenable, décider que le temps écoulé depuis l'arrivée du navire au mouillage, jusqu'à l'heure de la visite médicale, sera compris dans la durée totale de l'observation.

Le temps passé en rade pour attendre la visite médicale ne sera pas considéré comme une mise en observation et ne donnera pas lieu dès-lors à la perception du droit de station fixé par l'article 79 du décret du 22 février 1876 lorsque l'autorité sanitaire, à la suite de la visite, n'aura pas prescrit une observation.

Art. 9. — Les dépêches officielles relatives au service de santé émanant desdits bâtiments seront immédiatement transmises au Directeur de la santé ; quant à celles qui auraient pour objet toutes autres affaires, elles suivront leur cours ordinaire.

Art. 10. — Il sera placé au moins deux gardes de santé sur tout navire assujetti à une observation qui n'aurait pas pris de pilote.

Il ne sera embarqué qu'un seul garde à bord des bâtiments qui auraient déjà un pilote à bord, lequel remplira les fonctions attribuées aux agents de la santé.

Art. 11. — Les gardes de santé seront obligés de faire alternativement le quart tant de jour que de nuit de quatre heures en quatre heures, et de veiller à ce que les individus du bord ne s'écartent pas du bâtiment, et à ce que rien ne s'embarque ou ne se débarque sans autorisation.

Les pilotes faisant fonctions de garde de santé à titre définitif ou provisoire, jouiront pendant la durée de leur service, d'une indemnité de quatre francs par jour, à la charge du service sanitaire, outre leur nourriture qui sera fournie par les navires en observation ou mouillés en rade pour attendre la visite médicale.

Art. 12. — Les vivres et les autres objets destinés aux bâtiments en observation seront fournis par l'armateur, commissionnaire ou consignataire, et seront transportés et délivrés le long du bord, en présence d'un agent du service sanitaire qui empêchera toute communication.

Art. 13. — Les embarcations seront toujours hissées et aucun canot ne pourra être mis à la mer sans l'autorisation du garde de santé du bord.

Art. 14. — Tout bâtiment en observation est tenu d'avoir un pavillon jaune à la tête du mât de misaine et toute embarcation sortant de ce navire doit également arborer un pavillon jaune.

Art. 15. — S'il survient quelque maladie à bord d'un bâtiment en observation le garde de santé en fait informer par signaux l'agent sanitaire du service au sémaphore, lequel prend les ordres du Directeur de la santé.

En cas de maladie pestilentielle à bord ou de maladie grave prévue par l'article 2 du règlement général, les malades devront être immédiatement transportés au Lazaret et y être traités dans l'isolement.

Art. 16. — Lorsqu'un individu vient à décéder à bord d'un navire en observation, le Directeur de la santé, informé par la même voie, indique les mesures à prendre pour le lieu et le moment de la sépulture.

Art. 17. — Dans le cas de péril ou lorsque des circonstances graves obligeront un navire de provenance suspecte à se servir de remorqueur, toutes les précautions seront prises pour éviter tout contact entre les deux bâtiments. Dans le cas cependant où le contact se serait produit, le remorqueur sera mis en observation et amarré à quatre amarres dans le goulet de l'écluse de chasse, à l'ouest du chenal.

Dans le cas, où un navire suspect ou infecté emploierait un remorqueur, la remorque devra être hâlée à bord du bâtiment remorqué, qui aura à en payer la valeur.

Le remorqueur contaminé devra recevoir des gardes de santé qui se conformeront aux dispositions de l'article 11.

La subsistance de l'équipage du remorqueur sera alors assurée par les soins du service du remorquage qui sera couvert de ses avances par le capitaine du navire suspect ou infecté.

Art. 18. — Lorsqu'il se trouvera sur rade, des navires en observation, il est expressément défendu à toutes personnes non autorisées de toucher aux cadavres, marchandises et autres objets qui viendraient à la côte ; il leur est enjoint de donner immédiatement avis de l'existence de ces objets soit à la gendarmerie maritime ou au garde maritime le plus voisin, soit aux agents des douanes du poste le plus rapproché, sous peine d'être poursuivies et punies, conformément aux lois et règlements en vigueur.

Art. 19. — Si un bâtiment en observation vient à la côte, la cargaison en sera déposée dans les dunes, à 200 mètres au moins à l'Est de la dernière habitation.

Les hommes employés au déchargement ainsi que l'équipage, seront abrités par les soins et à la diligence du Directeur de la santé, d'accord avec l'autorité maritime ou le conseil compétent.

Art. 20. — Il est expressément défendu aux patrons, lamaneurs, etc., etc., de transporter, sans autorisation du Directeur de la santé, à bord des navires non encore admis, à la libre pratique, des personnes ou des objets pouvant établir communication entre le bord et la terre.

Art. 21. — Toutes contraventions aux obligations prescrites par le décret du 22 février 1876, par le présent règlement ou par les ordres émanées de l'autorité sanitaire, seront poursuivies et punies conformément aux dispositions du titre 2 de la loi du 3 mars 1822 sur la police sanitaire.

Art. 22. — En dehors des agents du service sanitaire, tous les dépositaires de l'autorité et de la force publique ;

tous les agents de l'autorité sont tenus, en vertu de la loi et des dispositions de l'article 126 du décret du 22 février 1876, de prêter au besoin leur concours à la stricte exécution du présent règlement.

Art. 23. — Sont abrogées toutes les dispositions des précédents règlements locaux.

Fait à Lille, le 11 octobre 1886.

Signé : JULES CAMBON.

Approuvé :
Paris, le 22 octobre 1886.
Le Ministre du Commerce et de l'Industrie.
Signé : EDOUARD LOCKROY.

Lille Imp. L.Danel.

391